Publication hebdomadaire.

Jeudi 9 Octobre 1919

FASCICULE

N° 28

Ouvrage complet en
40 fascicules

PRIX NET :

1 fr. 25
France et Colonies
Étranger, *port en sus*

NOTRE ALSACE
NOTRE LORRAINE

Ouvrage publié sous la Direction de
L'ABBÉ WETTERLÉ et CARLOS FISCHER

L'ÉDITION FRANÇAISE ILLUSTRÉE, 30, RUE DE PROVENCE, PARIS

SAINTE-RUFFINE ET LE MONT SAINT-QUENTIN

(Photo Prillot, Metz).

moyens, à connaître leurs noms, afin de pouvoir exercer les plus lâches représailles contre leurs familles restées en Alsace-Lorraine. Et puis il fallait surtout épargner aux annexés qui se battaient sur le front français le danger de passer en conseil de guerre et d'être fusillés. En effet, beaucoup d'engagés volontaires avaient demandé, avec insistance, à être envoyés dans des unités combattantes. Ceux-là avaient de vieux comptes à régler avec les Allemands, et ils tenaient à les liquider les armes à la main. Le martyrologe de la guerre s'est ainsi enrichi de héros qui firent plus que leur devoir et dont nous avons le droit d'être doublement fiers.

Or, l'état-major allemand poursuivait ces braves d'une haine de choix. Dès les premiers mois de la guerre, il s'employa à connaître leurs noms et ne recula

devant aucun moyen déloyal pour se les procurer. C'est ainsi que, quand un soldat français, qu'on soupçonnait être Alsacien-Lorrain, était fait prisonnier, les Allemands, par l'entremise de la Croix-Rouge de Genève, envoyaient à la mairie de la commune indiquée sur le livret militaire comme commune d'origine une lettre aimable (il s'agissait évidemment d'envois de paquets de ravitaillement) pour demander si effectivement le prisonnier était inscrit sur les registres de l'état civil.

Dans le principe, quelques maires répondirent candidement que l'homme en question était inconnu dans leur commune. De là les condamnations sévères par les conseils de guerre allemands, dont plusieurs de nos compatriotes furent les victimes. Pour mettre un terme à ces odieuses manœuvres

SIERCK. — ENTRÉE D'UNE VIEILLE MAISON

(Photo Prillot, Metz.)

du XVᵉ siècle, les nombreuses officines typographiques de Strasbourg et de Haguenau commencèrent à expédier leurs gros ballots de livres dans toutes les directions de l'Europe. Le XVIᵉ siècle marque une ère particulièrement prospère dans cette évolution ascendante, dont le cours allait être, peu de temps après, brusquement interrompu par la guerre de Trente Ans. Les événements guerriers de cette malheureuse époque, dont l'Alsace eut tant à souffrir, réussirent à détruire en quelques années une grande partie du fruit des efforts réunis de plusieurs siècles. La reconstitution de la vie économique fut lente et difficile, et ce n'est guère que vers le milieu du XVIIIᵉ siècle que le pays put reprendre dans le monde économique la place qu'il y avait jadis occupée.

Mais ce monde économique n'était plus le même. La grande industrie venait de naître; la fabrique succédait à l'atelier; le manufacturier remplaçait l'artisan et l'ouvrier le compagnon. C'est en 1746 que la grande industrie prit racine en Alsace. La création de la première fabrique d'indiennes à Mulhouse entraîna et provoqua la fondation de nombreux autres établissements de la branche textile dans un laps de temps très court. D'autres industries nouvelles surgirent, et les anciennes ne tardèrent pas à se transformer et à s'adapter aux exigences des temps changés.

Cent ans plus tard, vers le milieu du XIXᵉ siècle, l'Alsace occupait déjà une des premières places dans l'industrie mondiale, et la réputation de ses produits grandissait d'année en année, jusqu'à ce que la catastrophe terrible de 1870 vînt s'abattre sur la France et mettre un terme à cet épanouissement grandiose.

SAMUEL KŒCHLIN
(1719-1776)

Arrachée de sa patrie par le Traité de Francfort, l'Alsace perdit le débouché le plus important de son industrie : la France. Il s'agissait donc avant tout de créer de nouvelles relations commerciales et de nouveaux débouchés pour ses produits. La tâche était ardue ; elle l'était d'autant plus que cette nouvelle orientation de l'industrie alsacienne devait s'opérer à une époque où l'industrie allemande se trouvait en plein développement et que les industriels alsaciens ne voulaient pas obtenir l'introduction de leurs produits sur le nouveau marché au détriment de leur qualité.

L'évolution industrielle de la Lorraine a été, dans les grandes lignes, sensiblement analogue à celle de l'Alsace jusque vers le milieu du XVIIIᵉ siècle. Mais, à partir de cette époque, les caractères économiques des deux provinces deviennent différents. L'Alsace, surtout le Haut-Rhin, grâce à l'établissement de la grande industrie, devient de plus en plus pays d'industrie, tandis que la Lorraine reste jusqu'en 1870 avant tout pays d'agriculture, tout en possédant une importante et ancienne industrie. C'est pour cette raison que la Lorraine a eu, économiquement, relativement moins à souffrir de sa brusque séparation de la France en 1871 que l'Alsace. Ce n'est que dans les derniers cinquante ans que la Lorraine a pris le caractère typiquement industriel qui lui est propre aujourd'hui. La découverte dans son sous-sol des éléments de la grande industrie métallurgique et surtout l'application d'ingénieux procédés, qui permettent de retirer de ces richesses minérales des valeurs longtemps ignorées, ont profondément, et en un temps très court, modifié l'aspect du pays.

L'activité industrielle de l'Alsace et de la Lorraine, telle qu'elle se manifeste aujourd'hui, est des plus complexes. Elle s'étend sur presque tous les domaines et comprend les groupes les plus divers, sans que toutefois l'importance de ces groupes soit égale. Les industries d'extraction, la métallurgie et les industries textiles donnent la note dominante. La branche de l'alimentation est, elle aussi, très développée ; il en est de même de celles de la céramique, du bois et des cuirs. Les autres groupes sont d'une importance relativement moindre.

Le premier groupe dont nous abordons l'examen est celui des industries d'extraction. Il comprend toutes les branches de l'activité industrielle qui s'occupent d'extraire du sol et du sous-sol les matières minérales qui s'y trouvent — métaux, houilles, sels, pétroles, pierres et terres — pour les livrer à la circulation, soit à l'état naturel, soit après leur avoir fait subir une certaine transformation, qui en fait des produits finis destinés à la consommation, ou des produits semi-ouvrés, que d'autres industries se chargeront encore de transformer et de perfectionner.

La matière première dont la nature a le plus abondamment doté le pays est le minerai de fer. Des gisements d'une richesse extraordinaire et d'une valeur inestimable se trouvent en Lorraine. Ces mines, tant pour la quantité que pour la qualité des minerais de fer qu'elles contiennent, comptent parmi les plus importantes du monde entier.

Le bassin minier lorrain est limité au nord par la frontière lorraine-luxembourgeoise, à l'est par la ligne Metz-Thionville-Luxembourg, au sud par celle de Pagny-sur-Moselle à Metz et à l'ouest par l'ancienne frontière franco-allemande, depuis Pagny-sur-Moselle jusqu'à la frontière lorraine-luxembourgeoise. Il forme,

(Lith. J. Engelmann.)

FILATURE DE MM. N. KŒCHLIN ET FRÈRES, A MULHOUSE
(Plus tard filature Jourdain.)

par exemple, que les procureurs devraient poursuivre d'office tous ceux qui dorénavant traiteraient un Alsacien-Lorrain de « Boche ». De même, ordre fut donné de lever le séquestre sur les biens des Alsaciens-Lorrains, à la première demande justifiée. La commission siégeait en permanence. Tous les annexés qui étaient désireux d'obtenir la carte tricolore et des permis de circulation, ou qui avaient n'importe quelle plainte à formuler, trouvaient bon accueil auprès d'elle.

Sans doute, il n'était pas toujours possible de faire droit à toutes les demandes ; mais, dans la mesure où cela était possible, la commission donna pleine et entière satisfaction à tous ceux qui s'adressèrent à elle — et ils furent légion.

On me permettra bien d'ajouter qu'individuellement ses membres se dévouèrent sans mesure à la cause de leurs compatriotes. Depuis que j'avais trouvé à Paris une situation fixe dans un établissement d'instruction et dans un bureau du ministère de la Guerre, je me rendais souvent chez deux des commissaires les plus connus, un avocat et un publiciste. Or, je fus toujours surpris de l'inlassable patience qu'ils apportaient à recevoir d'innombrables solliciteurs, à répondre à des lettres leur venant de tous les départements français et à distribuer d'abondants secours. Ce n'était pas une sinécure que de représenter nos provinces pendant ces longues années de guerre.

Je me résume. Il est incontestable qu'au début des erreurs matérielles furent commises, dont bon nombre d'Alsaciens-Lorrains furent les innocentes victimes. Cependant elles n'eurent qu'un temps. Nos hommes politiques, résident en France, ne tardèrent pas à intéresser les pouvoirs publics au sort réservé à leurs compatriotes, et bientôt la situation changea du tout au tout. La France, toujours généreuse, sut réserver le meilleur accueil et le traitement le plus bienveillant à ceux pour la délivrance desquels ses soldats tombaient par milliers sur les champs de bataille. Les Alsaciens-Lorrains, reconnaissants à la Patrie des services rendus, ont, depuis longtemps, oublié les épreuves des premiers jours, pour ne se souvenir que des bienfaits reçus dans la suite, et ils ne toléreront pas que quelques germanisants essayent encore, après coup, de calomnier la République, parce que celle-ci avait cru devoir se garantir, en leurs personnes, contre une agitation sournoise.

JOSEPH SIEGEL,
Ancien rédacteur du *Courrier Alsacien.*

(Dessin de Th. Schuler.)

CHAPITRE VII

L'INDUSTRIE DE L'ALSACE ET DE LA LORRAINE

Par MARCEL MOEDER
Secrétaire général de la Chambre de Commerce de Mulhouse

A situation particulièrement prospère dont jouit aujour-d'hui l'industrie de l'Alsace et de la Lorraine n'est pas l'œuvre de quelques années d'effort, mais le résultat d'un long et laborieux développement, dont les premières traces se perdent dans la nuit des temps. Il est donc indispensable de tracer une esquisse rapide de l'évolution économique de ces deux provinces avant d'entamer la description de l'étendue actuelle de leur activité industrielle.

L'état extrêmement développé de l'agriculture, de la viticulture et de l'élevage, dû en première ligne à la fertilité de la terre et aux avantages d'un climat tempéré, la richesse du sous-sol, l'abondance des forêts et l'esprit actif et persévérant des habitants, toutes ces conditions essentielles, si heureusement réunies sur le sol de l'Alsace et de la Lorraine, y ont fait naître dès le Moyen Age une activité industrielle assez importante. Les modestes mais nombreux ateliers de cette époque travail-

STRASBOURG. — DÉBARQUEMENT DES PEAUX

laient la laine, le lin, le chanvre, le bois et le cuir, ainsi que les métaux qu'on extrayait des mines de la contrée. Le placement de ces produits était singulièrement facilité par la situation géographique particulièrement privilégiée du pays.

La vallée du Rhin formait de tout temps la route naturelle qui reliait entre eux les grands centres de la civilisation européenne : la France, l'Italie, la Souabe et les Flandres. Un système de routes très étendu, créé par l'administration romaine dès les premières années de l'ère chrétienne et perfectionné par les générations suivantes, sillonnait le pays. La navigation fluviale, déjà très importante à cette époque, et dont Strasbourg formait le centre, permettait d'effectuer le transport des marchandises par voie d'eau jusque dans les contrées les plus lointaines.

Tous ces facteurs contribuèrent puissamment au développement du mouvement économique du pays. De nouvelles branches industrielles vinrent peu à peu se joindre aux anciennes : la papeterie, la poterie et la verrerie. Vers la fin d'un ennemi dépourvu de scrupules, il fallut provoquer une circulaire du ministre de l'Intérieur interdisant aux maires de répondre aux questionnaires de la Croix-Rouge. Celle-ci ignorait évidemment l'usage des renseignement qu'elle fournissait.

D'autres engagés volontaires se trouvèrent parmi les prisonniers alsaciens-lorrains faits sur le front français et sur le front russe. Les redditions étaient presque toujours volontaires. Les soldats de l'armée allemande, originaires de nos provinces, recherchaient toutes les occasions favorables de passer à l'ennemi. D'autres collaborateurs de cette publication raconteront comment nos compatriotes s'y prenaient. Sur le front franco-anglais, dès qu'on faisait des prisonniers, les Alsaciens-Lorrains étaient séparés des Allemands, puis soigneusement triés. On les envoyait ensuite dans les camps de Saint-Rambert, de Monistrol et de Lourdes, où ils ne passaient géné-

UN COIN DU CHATEAU DE HAUT-KŒNIGSBOURG
Avant sa restauration par Guillaume II.

lement que quelques semaines, avant d'être, sur leur demande d'ailleurs, employés par groupes dans des usines de guerre ou dans des exploitations agricoles. Je tiens à relever ici que la France sut se montrer très généreuse vis-à-vis de ces hommes qui, contre leur volonté, avaient porté les armes contre elle. Les prisonniers, portant un uniforme qui rappelait celui de la troupe et coiffés du calot avec cocarde tricolore, touchaient des salaires élevés,

dont un tiers était retenu pour leur popote et un tiers versé à leur masse, tandis qu'ils avaient la libre disposition du reste. On n'arriva pas, du premier coup, à cet arrangement avantageux ; mais nos compatriotes de France finirent par l'obtenir, et, grâce à eux, la situation des prisonniers alsaciens-lorrains alla constamment en s'améliorant. On sait que, dès le lendemain de l'armistice, ces braves gens furent autorisés à rentrer dans leurs familles, alors que les prisonniers allemands étaient retenus en France.

Il avait fallu prendre pour ces hommes les mêmes précautions que pour les engagés. Ils correspondaient avec leurs parents demeurés en Alsace-Lorraine en envoyant d'abord leurs lettres à leur dépôt, et c'est à Saint-Rambert, Lourdes et Monistrol qu'arrivaient toutes les réponses.

Vingt-trois mille Alsaciens-Lorrains s'engagèrent dans l'armée française pendant la guerre. Environ treize mille prisonniers travaillèrent dans les usines pour la défense nationale. Cela représente un contingent appréciable quand on pense qu'il n'y avait, dans les deux provinces annexées, que deux cent mille mobilisables.

Pour les soldats originaires du « pays d'Empire » fut créée, en 1917, une inspection militaire spéciale auprès de la présidence du Conseil. Cette inspection avait pour mission de prendre la défense des Alsaciens-Lorrains toutes les fois qu'on lui signalait des abus commis par des chefs d'unités malveillants ou mal renseignés. Le mauvais accent des annexés, souvent même leur ignorance presque complète de la langue française, les exposaient quelquefois à des suspicions ou à des brimades. Grâce aux efforts persévérants des inspecteurs, les plaintes justifiées des engagés devinrent de plus en plus rares.

Les civils, surtout ceux qui vivaient isolément en province, rencontraient d'ailleurs souvent la

permettre au mal de s'étendre. C'est à cette tâche que s'employa la Commission interministérielle, qui fut formée, dès 1916, avec le personnel des six commissions de triage, et qui eut son siège au ministère de l'Intérieur. Dans ses bureaux se trouvent actuellement les fiches de presque tous les Alsaciens-Lorrains résidant en France.

La commission était chargée de procéder périodiquement, dans les camps de triage où

THANN. — L'ŒIL DE LA SORCIÈRE
Fragment d'une tour que les Français firent sauter en 1674.

même hostilité et pour le même motif. Différends personnels et rivalités de métier aboutissaient fatalement à l'injure classique : « Boche ! » Faut-il en marquer de la surprise ? Non ! L'énervement de la population, pendant cette guerre interminable, « l'espionnite », cette maladie spéciale qui se développe toujours au cours des grandes crises nationales, l'incompréhension du problème alsacien-lorrain, tout cela, se greffant sur les jalousies de métier et les incompatibilités d'humeur, devait, en certains milieux, provoquer de fâcheuses réactions. Encore était-il nécessaire de ne pas

étaient refoulés par les autorités militaires tous les « indésirables » du front, à la discrimination des suspects et de ceux qui pouvaient, sans inconvénient, être mis en possession de la carte tricolore. Elle devait d'ailleurs bientôt étendre son action. Toutes les questions d'ordre national ou juridique qui intéressaient les Alsaciens-Lorrains furent soumises par elle à un examen approfondi, et presque toujours les solutions qu'elle proposa furent adoptées par les pouvoirs publics. A la suite de démarches pressantes, faites auprès du président de la République et du président du Conseil, il fut décidé,

FILATURE DE MM. N. KŒCHLIN, A MASEVAUX

JEAN-JACQUES HEILMANN, 1822-1859

ensemble avec les bassins français de Briey et de Longwy et les bassins luxembourgeois, une unité géographique et géologique, que l'ancienne frontière franco-allemande-luxembourgeoise divisait en trois parts de dimensions et de valeurs inégales. Dans son ensemble, ce gisement lorrain-luxembourgeois a produit, en 1913, un total de 48 millions de tonnes de minerais de fer, d'où ont été extraites 15 millions de tonnes de fer brut. Ces chiffres représentent respectivement le tiers et le cinquième de la production mondiale. La Lorraine désannexée a, à elle seule, produit en 1913, 21,1 millions de tonnes de minerais de fer, alors que la France entière, pendant cette même période, extrayait de ses mines environ 21,7 millions de tonnes de minerais de fer. La force de production de la nouvelle France se trouve donc presque doublée depuis la signature du Traité de Paix ; elle représente, avec ses 43 millions de tonnes, environ 28 p. 100 de la production mondiale,

ATELIERS MARTINOT ET GALLAND, A BITSCHWILLER

tandis que celle de l'Allemagne, qui était en 1913 de 36 millions, se voit réduite à 15 millions de tonnes, c'est-à-dire de 24 p. 100 à 10 p. 100 de la production mondiale. D'après les évaluations faites par des ingénieurs allemands, les mines de la Lorraine désannexée contiennent plus de 5 milliards de tonnes de minerais de fer, ce qui représente, avec un taux d'extraction annuel de 50 millions de tonnes, un siècle d'extraction continue. Le retour de la Lorraine à la France crée par conséquent à celle-ci une situation tout à fait exceptionnelle au point de vue de l'industrie métallurgique.

Les deux tiers environ du minerai de fer extrait des mines de la Lorraine sont travaillés sur place. Ils servent à l'alimentation des nombreux et puissants hauts fourneaux qui se trouvent à Hayange, Rombas, Maizières, Fontoy, Aumetz, Hagondange et autres endroits de la contrée. La production des hauts fourneaux lorrains en fer brut atteignait, en 1913, environ

JOSUÉ HEILMANN, 1796-1848

Cliché Braun

LES PÈLERINS DE SAINTE-ODILE (ALSACE)
TABLEAU DE GUSTAVE BRION (MUSÉE DU LUXEMBOURG)

Supplément au fascicule 28 de *Notre Alsace, Notre Lorraine*.

être évaluée actuellement à 60 000 tonnes en moyenne par an. Le raffinage du pétrole se fait sur place ou dans les raffineries du pays. Le centre le plus ancien et le plus important est celui de Pechelbronn, près Soultz-sous-Forêt. D'autres puits se trouvent à Soultz-sous-Forêt même, à Biblisheim, Merkwiller, Lampertsloch et Lobsann. L'industrie du pétrole occupait en 1913 environ 450 ouvriers.

Les mines d'asphalte se trouvent également à Lobsann. Elles produisent un excellent asphalte et occupaient en 1915 environ 70 ouvriers. Le rendement annuel était de 6 354 tonnes.

Nous n'avons mentionné jusqu'à présent que les richesses minières de l'Alsace et de la Lorraine et les industries qui s'occupent de leur exploitation. Il nous reste encore à ajouter quelques indications sur les autres produits minéraux du pays : les pierres et les terres, et sur les branches industrielles qui ont pour objet leur extraction.

LE DERNIER MÉTIER A TISSER A LA MAIN
DOLLEREN, PRÈS MASEVAUX
(Supprimé en 1898.)

Les Vosges contiennent, depuis les temps les plus reculés, des carrières importantes de granit et grès, porphyre et gneiss. C'est d'elles qu'on a tiré, dès le moyen âge, les matériaux employés à la construction des belles cathédrales gothiques, dont l'Alsace est si fière. Ce sont aussi elles qui ont fourni, plus tard, à Vauban, le granit nécessaire pour les fortifications des places fortes sur la ligne du Rhin. Les carrières de Rouffach, Soultz, Eguisheim et Saverne sont les plus importantes et les plus réputées parmi les quelques centaines de carrières que l'Alsace possède. Les carrières les plus connues de la Lorraine se trouvent dans l'arrondissement de Sarrebourg ; le plateau qui s'étend sur la rive gauche de la Moselle fournit également une pierre très appréciée pour la construction.

Mais les carrières vosgiennes ne fournissent pas seulement d'excellentes pierres de construction et de taille ; on y rencontre également beaucoup d'autres espèces de pierres, qui servent aux usages les plus divers : pierres de pavage, meules de moulin, pierres à aiguiser, etc. Le gypse ou pierre à plâtre s'y trouve également en grandes quantités, ainsi que la pierre à chaux.

L'argile se trouve, dans le Haut-Rhin, surtout au pied des coteaux viticoles et dans le Sundgau ; dans le Bas-Rhin, principalement dans la banlieue de Strasbourg. Les sables nécessaires à l'industrie du bâtiment et à d'autres industries proviennent des vallées vosgiennes, par décomposition du grès, et les graviers sont extraits du lit du Rhin par dragage.

Les entreprises qui s'occupent de l'extraction des pierres et des terres sont généralement d'envergure moyenne ; mais elles sont d'autant plus nombreuses. En 1913, on en comptait en Alsace et en Lorraine près de 250, qui travaillaient avec un total de 4 200 ouvriers.

La nomenclature des industries d'extraction que nous donnons est loin d'être complète ; elle n'en comprend que les principales branches. Mais elle suffira certainement à faire ressortir la grande importance qui revient, en Alsace et en Lorraine, à ce premier groupe, dont nous venons de terminer l'analyse.

Le second groupe, dont nous allons entreprendre l'étude, est celui des industries de fabrication. Il comprend toutes les branches de l'activité industrielle, dont l'objet consiste à travailler, façonner ou transformer les matières premières, qui leur sont fournies, soit par les industries d'extraction, soit par les autres branches de l'activité humaine, qui s'occupent de la production ou de la récolte de matières premières. Ce sont les industries dans le sens courant du terme.

L'industrie textile est de beaucoup la plus importante de toutes les industries de l'Alsace et de la Lorraine. Elle occupait à elle seule, en 1913, près de 80 000 ouvriers, dont 80 p. 100 travaillaient dans les usines textiles du Haut-Rhin. Elle compte aussi parmi les plus anciennes du pays. Dès le Moyen Age, la fabrication du lin, du chanvre et de la laine était répandue par toute l'Alsace. Les petits ateliers des maîtres tisserands des villes produisaient d'excellents draps de laine, qu'ils écoulaient non seulement dans le pays même, mais aussi sur les marchés étrangers, où ces produits étaient très recherchés. La toile d'Alsace, tissée avec des fils de lin, était également un article très apprécié à cette époque. La fabrication des draps de laine prit une plus grande extension dès le XIIIe siècle et surtout vers le milieu du XVIIe siècle. Elle se pratiquait alors un peu partout dans les villes du pays, mais surtout à Mulhouse, Strasbourg, Bischwiller et Sainte-Marie-aux-Mines. Le coton fit son apparition en Alsace vers la fin du XIVe siècle. Dès le XVe siècle, on fabriquait à Colmar et à Strasbourg d'excellentes toiles de coton et des futaines de coton et de lin. Mais cette fabrication n'eut pas une très grande importance ; elle n'existait que dans quelques centres dissé-

STRASBOURG. — DÉBARQUEMENT DU CHARBON

minés et uniquement sous la forme de la petite industrie corporative.

Le point de départ de la grande industrie textile d'Alsace est la fondation, en 1746, par Jean-Jacques Schmaltzer, Samuel Kœchlin et Henri Dollfus, de la première manufacture de toiles peintes et d'indiennes à Mulhouse. La nouvelle industrie fit de rapides progrès, et l'exemple des trois heureux innovateurs trouva de nombreux imitateurs, qui fondèrent à leur tour toute une série de fabriques. A peine vingt ans plus tard, c'est-à-dire en 1768, on comptait déjà quinze fabriques d'indiennes à Mulhouse même, et en 1788 il y avait environ vingt-sept établissements dans cette ville et dans les environs, abstraction faite du grand nombre de maisons établies dans les vallées des Vosges. Comme il était impossible au début de se procurer dans la ville même des ouvriers connaissant la branche, on les faisait venir de la Suisse et de l'Allemagne du Sud, en particulier d'Augsbourg. Les toiles écrues, on se les procurait surtout de Suisse, car l'Alsace n'était pas à même d'en livrer un grand nombre. Ce n'est qu'à partir de 1760 qu'on put tirer du pays même un certain nombre de ces toiles, nombre qui désormais augmenta d'année en année, au fur et à mesure que la filature et le tissage de coton se développaient. Mais, jusqu'en 1810, on faisait venir des Indes les toiles très fines.

STRASBOURG. — DOCKS A CHARBON

sol, un produit qui ne se trouve en grandes quantités dans aucun autre pays du monde entier, si ce n'est en Allemagne : la potasse. Cette substance minérale, dont l'importance n'est pas aussi généralement connue que celle du charbon et du fer, n'en est pas moins indispensable à un grand nombre d'industries et constitue, au dire de tous les experts chimistes, l'un des meilleurs engrais connus.

Le bassin potassique alsacien est situé dans le Haut-Rhin, au nord et nord-ouest de Mulhouse. Il s'étend des environs immédiats de la ville jusqu'à Cernay, Bollwiller et au delà d'Ensisheim ; il couvre une surface d'environ 200 kilomètres carrés. Il est impossible d'évaluer même approximativement la valeur de ces gisements ; on parle parfois de 50 milliards de francs, mais nous ne citons ce chiffre que pour donner un élément d'appréciation. Cette valeur diminuerait d'ailleurs sensiblement si d'autres gisements étaient découverts autre part, et elle se réduirait même presque à néant, si l'on parvenait un jour à fabriquer à meilleur compte un engrais supérieur à la potasse. En attendant, ces mines forment une des grandes richesses du pays.

Le bassin potassique alsacien se compose de deux couches superposées de sylvinite, contenant environ 20 p. 100 de potasse pure. La couche supérieure a une épaisseur de 1 m. 50 environ; la couche inférieure est trois à quatre fois plus épaisse. Ces couches se trouvent à une profondeur qui varie de 400 à 800 mètres. Le tonnage des deux couches est évalué à près d'un milliard et demi de tonnes. La sylvinite broyée à la sortie du puits sert en grande partie à l'agriculture comme engrais ; on l'emploie également réduite en une poudre très fine dans l'industrie chimique pour la fabrication de sels de potasse et de produits pharmaceutiques. La sylvinite d'Alsace est beaucoup plus pure que celle qui provient du bassin allemand de Stassfurt.

La découverte de ces gisements de potasse remonte à l'année 1904 ; elle est due au hasard et fut faite par un alsacien, M. Vogt, à l'occasion de sondages opérés en vue de la recherche de houille ou de pétrole. La première société minière de potasse fut constituée en 1906. Actuellement, on compte en Alsace quatorze sociétés exploitantes de potasse, dont les parts se trouvent entre les mains de quatre groupes, dont un alsacien-français et trois allemands. Quelques-unes de ces sociétés exploitantes possèdent plusieurs puits. Le nombre des concessions accordées par le gouvernement d'Alsace-Lor-

FILATURE DE LAINE PEIGNÉE KŒCHLIN-DOLLFUS ET FRÈRE, A MULHOUSE, VERS 1855

(Lith. J. Engelmann.)

FABRIQUE DE DRAPERIE DE MM. MARTIN THYSS ET C^io, A BUHL
(Actuellement propriété E. Rogelet.)

raine jusqu'au jour de l'armistice se monte à 109. On peut évaluer à environ 65 millions de francs les capitaux allemands engagés dans la potasse en Alsace.

La production en 1913, tant à cause de la découverte encore récente du gisement et du non-achèvement des installations que du contingentement imposé à la production par la loi allemande, n'était que de 350 000 tonnes; mais elle est appelée à s'accroître en d'énormes proportions lorsqu'elle ne sera plus soumise au contingentement.

Avant la guerre, l'Allemagne avait pour ainsi dire le monopole de la potasse, et elle imposait sa marchandise et ses prix au monde entier. Aujourd'hui, la France est maîtresse du riche bassin potassique d'Alsace, et le monopole allemand est brisé. On conçoit aisément le rôle important que, dans ces circonstances, les mines de potasse alsaciennes sont destinées à jouer dans l'avenir économique de la France.

L'activité minière du Bas-Rhin est infé-rieure à celle du Haut-Rhin et de la Lorraine, mais elle est néanmoins relativement importante, puisqu'elle comprend l'extraction de deux produits minéraux, qui lui sont particuliers et qu'on ne rencontre dans aucune autre région des deux provinces : le pétrole et l'asphalte.

La région pétrolifère alsacienne est située au nord-ouest de Strasbourg, entre la grande forêt de Haguenau et Wissembourg. Ce sont des petits gisements, qui ne sont aucunement comparables, comme valeur, à ceux de la Galicie et de la Roumanie ; mais leur importance réside, d'une part, dans le fait que l'Europe occidentale est mal pourvue en pétrole, et, d'autre part, dans la qualité du produit, qui le rend utilisable pour la fabrication de l'essence. L'exploitation de ces sources pétrolifères, qui en 1872 ne produisaient que 128 tonnes, a été considérablement intensifiée dans le courant des trente dernières années. La production se montait en 1913 à 49 584 tonnes ; elle peut

4 millions de tonnes. A sa sortie des hauts fourneaux, le fer brut passe successivement aux établissements métallurgiques des genres les plus divers, que la Lorraine possède en très grand nombre : fonderies, forges, fours à puddler, aciéries, laminoirs, etc. Ces usines, généralement très importantes, se groupent autour des centres de Thionville, Hayange, Rombas, Fontoy, Aumetz, Maizières et Hagondange, pour ne nommer que les plus importants.

L'exploitation des mines de la Lorraine est très ancienne ; elle remonte à un millier d'années. Un document de 1264, pieusement conservé dans les archives, atteste en effet qu'à l'époque de sa rédaction l'extraction du minerai de fer se pratiquait déjà depuis plusieurs siècles dans la contrée de Hayange, qui est encore aujourd'hui un des plus grands centres de la métallurgie lorraine. Ces forges et hauts fourneaux de Hayange sont certainement des plus anciens sinon les plus anciens de la Lorraine. Après avoir à plusieurs reprises changé de propriétaires, ils passèrent en 1711 à Jean-Martin de Wendel, dont les descendants les détiennent encore aujourd'hui. Les établissements de Wendel comptent actuellement parmi les plus importants du pays.

La mise en valeur complète des mines de fer de Lorraine est l'œuvre des dernières cinquante années. Jusqu'à cette époque, les hauts fourneaux lorrains ne traitaient que le minerai de fer fort, appelé ainsi par les ingénieurs à cause de sa faible teneur en phosphore. Or, le sous-sol lorrain contient surtout un autre minerai de fer, désigné sous le nom de minette et dédaigné jusqu'alors, parce que la forte proportion de phosphore, qui le caractérise, en rendait l'emploi

MULHOUSE. — LA SINNE A LA PORTE DU MIROIR, EN 1831
(A droite et au milieu : la filature Nœgely ; à gauche : l'auberge du Soleil.)
(D'après une aquarelle de Reinhardt.)

très difficile. On obviait à cet inconvénient par le puddlage, qui permettait la déphosphoration de la minette, jusqu'à ce que l'invention d'un nouveau procédé, le procédé Thomas, qui est précisément basé sur la présence de fortes proportions de phosphore dans le minerai pour la production de certains fers, changea complètement la situation et permit de tirer un excellent parti de la minette jadis dédaignée.

L'étendue des concessions minières de la Lorraine couvrait en 1872 environ 8 000 hectares ; elle s'est décuplée depuis, alors que l'extraction des minerais de fer a augmenté d'environ 6 000 p. 100 de 1872 à 1913.

Le nombre des ouvriers occupés dans les mines de fer de la Lorraine désannexée était en 1913 de 17 284 ; celui des ouvriers travaillant dans les forges, fonderies, aciéries, laminoirs, etc., de la même région, se montait en 1915 à 21 894, ce qui donne un total de 40 000 ouvriers employés dans la métallurgie lorraine.

L'activité minière de l'Alsace est à peu près nulle aujourd'hui, mais elle était très grande au cours des siècles passés. Elle était justifiée par la présence aux flancs des vallées vosgiennes de nombreux gisements métalliques : fer, plomb, cuivre et argent. Cette activité s'est sérieusement ralentie dans le courant du XIXᵉ siècle ; mais, malgré tous les efforts qui ont été entrepris pour la faire ressusciter, elle a presque complètement disparu, soit à la suite de l'épuisement presque entier du minerai, soit à cause de l'insuffisance de sa qualité.

La Lorraine est non seulement l'heureuse détentrice d'immenses richesses en minerais de fer, mais elle possède aussi d'importants gisements de houilles. Au point de vue géographique

(Lith. J. Engelmann.)

FABRIQUE DE PAPIERS PEINTS DE MM. J. ZUBER ET Cⁱᵉ, A RIXHEIM, PRÈS DE MULHOUSE
(Ancienne Commanderie des chevaliers de l'Ordre teutonique.)

et géologique, le bassin houiller lorrain fait partie du bassin de la Sarre ; il est situé sur l'ancienne frontière lorraine-prussienne. Trois sociétés concessionnaires se chargent de l'exploitation de ces mines. Le rendement a été de 3,8 millions de tonnes environ en 1913. Cette production ne suffit même pas à couvrir les besoins courants en houille de l'Alsace et de la Lorraine, qui sont de 6 millions de tonnes par an, abstraction faite du coke, que les houillères lorraines ne produisent d'ailleurs pas. Le nombre des ouvriers employés dans ces mines de houille se montait, en 1913, à 17 000 environ.

L'Alsace ne possède aucune mine de houille ; elle est, sous ce rapport comme sous celui du fer, entièrement tributaire de la Lorraine. Le lignite qu'on extrait des mines de Boux-

HOTEL DU SAUVAGE ET MESSAGERIES LAFFITTE-CAILLARD ET Cⁱᵉ,
A MULHOUSE, VERS 1835,
(D'après une gravure de l'époque.)

willer, dans le Bas-Rhin, est difficilement utilisable pour le chauffage ; il sert à la fabrication de différents produits chimiques.

Un troisième produit minéral, que le sous-sol de la Lorraine fournit en abondance, alors qu'il fait complètement défaut à l'Alsace, est le sel. Les salines de Lorraine sont situées dans la contrée de Château-Salins et dans celle de Sarralbe. La production des huit salines qui sont actuellement en exploitation se montait, en 1913, à 76 672 tonnes ; elle est susceptible de très fortes augmentations. Le nombre des ouvriers employés dans cette branche était, à cette même époque, de 250 environ.

L'Alsace, entièrement dépourvue de minerai de fer, de houille et de sel, alors que la Lorraine en regorge, possède, par contre, dans son sous-

En égard à l'importance que l'industrie textile occupe dans la vie économique de l'Alsace, nous croyons utile d'examiner ici de plus près les différentes branches dont elle se compose.

La branche du coton occupe la place la plus considérable dans l'industrie textile du pays. Elle est particulièrement développée dans le Haut-Rhin, où elle se groupe autour de son grand centre : Mulhouse.

La filature de coton ne se pratiquait en Alsace, jusqu'au commencement du XIXe siècle, qu'à domicile, mais là sur une très grande échelle. Il n'existait dans les vallées des Vosges, surtout dans le Haut-Rhin, pour ainsi dire pas une seule maison dans laquelle on ne filât du coton, au moins pendant la mauvaise saison. Des entrepreneurs faisaient venir du Levant la matière première, la distribuaient dans les villages, où femmes, enfants et vieillards se chargeaient de la filer à la main. Le travail se payait au poids des filés. Dans ces conditions, les filés fins étaient rares, et les toiles obtenues de cette façon ne pouvaient forcément qu'être grossières. Ce n'est que la création de la filature de coton à la mécanique qui rendit possible la confection de filés et de tissus plus fins. Elle fut introduite en Alsace dès 1802. A partir de 1825, avec l'introduction du coton Jumel, la confection de filés fins devint générale. Le développement ultérieur de la filature de coton fut facilité par une série d'inventions dues à des ingénieurs mulhousiens.

Le retordage des filés de coton se fait souvent dans les filatures mêmes, mais il existe aussi, en Alsace, quelques établissements qui font du retordage leur spécialité. La fabrication du fil à coudre est pratiquée à Mulhouse dans un établissement très important, qui prépare aussi des cotons et des soies à broder. Un autre établissement de cette branche se trouve à Guebwiller.

En 1913, on comptait en Alsace 55 filatures et retordages, qui travaillaient avec environ 1,9 million de broches. Le nombre des broches de coton de la France se montait à 7,2 millions à cette même époque.

Le tissage du coton, en petit, se pratiquait en Alsace longtemps avant la création de la première fabrique d'indiennes. Mais le premier établissement important de cette branche ne fut créé qu'en 1755, à Sainte-Marie-aux-Mines. Le premier grand atelier de tissage à Mulhouse même fut fondé en 1807. Jusqu'en 1826, les tissages ne se servaient que de métiers à bras. Le premier métier mécanique fut importé d'Angleterre en 1821. A partir de ce moment, le nombre des tissages et de leurs métiers s'accrut très rapidement.

On comptait, en 1913, en Alsace, 77 tissages de coton, travaillant sur 44 000 métiers environ. A cette même époque, la France possédait dans ses tissages de coton 150 000 métiers environ.

STRASBOURG. — LE VIEUX BASSIN D'AUSTERLITZ

L'industrie de la laine, une des plus anciennes de l'Alsace, y joue encore aujourd'hui un des rôles les plus importants. Les établissements de cette branche se groupent autour de différents centres. La filature de laine peignée est particulièrement développée à Mulhouse et dans les environs. Le tissage de laine a ses centres à Colmar et surtout à Sainte-Marie-aux-Mines. La fabrication des draps se pratique particulièrement à Bischwiller.

Jusqu'au début du XIXe siècle, les maîtres drapiers d'Alsace faisaient filer la laine au rouet dans les villages. La laine employée à cet effet était de la laine commune, achetée dans le pays même. Les premières mécaniques

NOTRE RELIURE-EMBOITAGE

AUX FERS SPÉCIAUX DE RAMON PICHOT

AVEC le fascicule 20, s'est terminé le premier volume de *Notre Alsace, Notre Lorraine*.

Pour leur faciliter la reliure de leurs fascicules, nous mettrons à la disposition de nos acheteurs et de nos abonnés, une RELIURE-EMBOITAGE avec fers spéciaux dessinés par RAMON PICHOT et frappés en or et en à-froid ; dos grenat en tissu imitation cuir, plats toile.

En même temps, *et sans supplément de prix*, nous joindrons les titres, faux-titre et la table des matières du tome.

Avec notre reliure-emboîtage, et pour un prix modique, tout relieur pourra fournir un volume parfait.

Le prix de la reliure-emboîtage du premier volume de *Notre Alsace, Notre Lorraine*, sera de 7 fr. 50

(Les frais de port et d'emballage sont à ajouter à ce prix à raison de **0 fr. 75** ; l'envoi est fait par poste, à domicile.)

Nous pourrons fournir les titres, faux-titre et la table des matières, *sans la reliure-emboîtage*, au prix de **0 fr. 75** franco.

Les commandes seront livrées vers *le 10 Octobre* dans l'ordre de leur réception. — S'inscrire tout de suite, par lettre adressée à

L'ÉDITION FRANÇAISE ILLUSTRÉE
:: :: 30, Rue de Provence, PARIS :: ::

CORBEIL. IMP. CRÉTÉ